# BULLETIN

## DE L'ASSEMBLÉE

## NATIONALE.

# BULLETIN

## DE L'ASSEMBLÉE

## NATIONALE.

———

## POT POURRI

Sur des airs de l'ancien Régime.

A PARIS,

1792.

# OUVERTURE

# DE LA SÉANCE.

Air : *A la façon de Barbari, &c.*

On lit un long procès-verbal ;
Pour ouvrir la séance ;
On observe tant bien que mal,
La paix & le silence.

A 3

A droite, à gauche, sans façon.
La fari don daine, la fari don don.
On vois assis, ces bons amis,
Dirili,
A la façon de Barbari, mon ami.

----

Air : *Madelon ma mie, &c.*

On lit des adresses des dépar-
temens,
Quand ils font des complimens
On vous, on vous,
On vous les imprime ;

( 7 )
Quand ils font des complimens,
On vous les imprime promptement.

M. l'Abbé FAUCHET.

*Même air.*

Plein de la morale, qu'on m'a vu
    prêcher,
Je m'en vais vous dénoncer
    Pour vous, pour vous,
    Pour vous remettre ,

A 4

Je m'en vais vous dénoncer  
Une douzaine de curés.

----

## M. BAZIRE.

----

Air : *Dérouillez , dérouillez , ma*  
*commère.*

Dénoncez, dénoncez , mon con-  
frère ,  
Faux, ou vrai, cela fait toujours  
bien ;

Car le zèle s'altère
Contre le réfractaire;
Alors, comment donc faire ?
Pour le réduire à rien.

(*Les tribunes applaudissent.*)

---

## M. BECQUET.

---

Air : *A quoi s'amuse, Madelon ?*

Quoi ! dénoncera-t-on toujours
Pour amuser les tribunes ?

Quoi ! dénoncera-t-on toujours ?
Passons à l'ordre du jour.

———

Air : *Canon à boire, à boire,*
*à boire, &c.*

———

*Plusieurs voix.*

A l'ordre, à l'ordre, à l'ordre,
Il cause le désordre ;
Qui haît la dénonciation
Est l'ennemi de la Nation.
(Grande agitation<br>dans l'assemblée.)

A 5

---

## M. LE PRÉSIDENT.

---

Air : *Menuet d'Exaudet.*

La clameur,
La rumeur
Recommence.
Quoi ! faudra-t-il donc toujours,
Appeller le retour
De l'ordre & la décence.
Pour l'honneur,
La splendeur,
Des séances,

Montrez donc la dignité
D'augustes députés
  De France.

---

M. DORISI.

---

*Suite du même air.*

Je demande le silence,
Pour parler de la finance :
  On attend,
  Il est temps
  Qu'on s'occupe.

De rétablir le crédit ;
Car on craint d'être pris
Pour dupe.

* * *

## M. LE COINTRE.

Air : *Voici les Dragons qui
viennent, &c.*

Messieurs, qu'allez-vous donc faire,
A quoi pensez-vous ?
Vous allez parler d'affaires,
Voici des pétitjonnaires,
Taisez-vous.

---

Air : *Quel désespoir*, &c.

Faites entrer,
Dit le Président de semaine.

*Suite du même air.*

Faites entrer,
Nous songeons à représenter.

---

*Suite du même air.*

On voit un habile homme,
C'est Desmoulins qu'on le nomme,
Tout fier des droits de l'homme,
Il ose ainsi s'exprimer :

## DESMOULINS.

*Même air.*

Voyez en moi
Un Citoyén digne de Rome.
Voyez en moi
Le plus grand ennemi du Roi.

*Le même Orateur.*

Air : *Du Curé de Pomponne.*
Si vous lui laiſſez le *veto*,
Votre affaire est moins bonne.

Messieurs, avec ce petit mot,
Il ne craindra personne.
Ah !
Il s'en servira
Larira
Pour garder sa couronne.

---

*Le même.*

Air : *Tôt, tôt, tôt, battez chaud, &c.*

Lancez un décret fulminant
Contre ce vil département,

Qui

Qui pour d'infâmes réfractaires,
Montre un si tendre sentiment.
Faites punir & promptement ;
Gardez une attitude fière ;
Abattez , tourmentez , poursuivez,
Accusez sans relâche ;
Rempliffez votre auguste tâche.


*Plusieurs voix.*

Air : *Changez-moi cette tête.*

Changez moi cette tête,
Tête, tête, tête ;

B

Qu'aux Jacobins on fête
Pour de bonnes raisons.

---

Air : *Canon : j'aurai une robe.*

*( Grande rumeur dans
l'assemblée. )*

1er.   Je veux qu'on l'entende.
2me. Je veux qu'il descende.
3me. Eh ! pourquoi ?
1er.   Je veux qu'on l'entende.
2me. Je veux qu'il descende.
3me. Je ne veux pas , moi.

---

*(Au milieu du tumulte.)*

## M. LE PRÉSIDENT.

---

Air : *Non, rien n'est si fatigant.*

Non, rien n'est si fatigant
Que de tenir la sonnette,
Non, rien n'est si fatigant
Que l'emploi de Préfident.
Eh ! pan, pan, pan, pan, pan, pan.
Sont-ce des pétitionnaires ?
Eh ! pan , &c.
Qu'on les faſſe entrer ſur le
champ.

*Une musique militaire, jouant*
*l'Air de vogue la galère, &c.*
*annonce le régiment de Château-*
*Vieux.*

LE TAMBOUR-MAJOR.

*Orateur de la députation.*

Air : *Ran tan plan tire lire.*

Vous voyez un régiment
En plein plan,
Ran tan plan tire lire en plan;

Vous voyez un régiment
Qui par vous seul respire.

———

Qui par vóus seul respire,
Ran tan plan tire lire,
Et vous offre ses talens,
En plein plan,
Ran tan, &c.
Il vous offre ses talens
Pour troubler et séduire.

———

Pour troubler & séduire,
Ran, tan, &c.

B 3

Et souffler aux régimens
 En plein, &c.
Ran, &c.
Et souffler aux régimens
Le civique délire.

———

Le Civique délire,
Ran, &c.
Il détruira promptement
 En plein, &c.
Ran, tan, &c.
Il détruira promptement
 La force des Empires.

---

La force des Empires
Ran , &c.
Attaquez les émigrans,
En plein , &c.
Ran , tan , &c.
Et mettez tout leur argent
Dans votre tire lire.

---

Dans votre tire lire
Ran , &c.
Qu'ils se joignent aux tyrans.
En plein , &c.

B 4

Ran , tan , &c.
Qu'ils se joignent aux tyrans
Nous n'en ferons que rire.

———————

M. LE PRÉSIDENT.

———

Air : *Pour la Baronne.*
De l'assemblée,
Recevez les Remercîmens ,
De votre zèle elle est touchée ,
Et vous invite en ce moment ,
A l'Assemblée.

---

*On introduit d'autres pétition-*
*naires.*

## M. DUPRAT,
*Orateur.*

---

Air : *Reçois dans ton Galetas.*

Vous voyez des Compagnons.
Encore enivrés de gloire,
Qui viennent dans Avignon
De vous assurer la victoire,
Et qui recommenceront
Quand les Jacobins le voudront. *b.*

---

Pour savoir des citoyens
Les vœux tournés pour la France;
Nous avons de surs moyens,
Dont on veut noircir l'innocence;
Mais nous n'appréhendons rien.
Du mal vous connoiffez le bien.

---

*Le même Orateur.*

Air : *Comment peut-on trouver du
mal à ça ?*

Sans nous, à cette ville,
Le bonheur échappoit,

Et le peuple tranquille
A son prince restoit ;
Eh ! mais oui da ,
Comment auroit-on pu souffrir cela ?

———

Toujours en gens honnêtes
Nous avons opérés.
Il y a bien quelques têtes
Que nous avons coupés ;
Eh ! mais oui da ,
Comment peut-on trouver du mal
à ça.

———

Étant plein de courage,
  Et le cœur tout romain,
Nous mettions au pillage
  Ces hommes inhumains ;
    Eh ! mais, etc. ;

———

De l'aristocratie
Dont ils étoient nourris :
En leur ôtant la vie,
Nous les avons guéris ;
    Eh ! mais, etc.

-------------------

## Le même Orateur.

Air : *De tous les Saints du Paradis.*

Je crois bien que sans vanité,
De vous nous devons tout attendre.
Que devenoit la liberté,
Si nous n'eussions su la défendre!
Qui de vous auroit dépecé,
    Launay, Berthier,
    Leurs associés.
Pour vous nous avons tout bravé,

---

Messieurs, de nos belles actions,
Je ne fais pas toute l'histoire :
Celle de la révolution
De nous fera bonne mémoire.
Pour tout bienfait, nous deman-
   dons,
        De vous un don,
        De vous un don,
Que sans doute nous méritons.

---

--------

*Même Orateur.*

Air : *Pour la Baronne.*

De sans culotte,

On nous avoit donné le nom ;

Mais en celui de patriote,

Faites que l'on change ce nom

De sans culotte.

( *Les tribunes*

*applaudissent.*)

## M. LE PRÉSIDENT.

Air : *Où peut-on être mieux qu'au sein de sa famille ?*

On ne peut balancer un instant,
Oui, vous aurez ce nom séduisant,
Le prix de tant de zèle :
Soyez a vos amis constans ;
Pour leur avis toujours ardens ;
Asseyez-vous
Auprès de nous,
Goûtez un bien si doux.

M.

## M. BAZIRE.

Air : *Vraiment, ma Commère voir.*

Messieurs, je fais la motion,
Qu'on ordonne l'impression
Et la mention honorable
Du discours de ce bon garçon.

## M***.

Air : *M. le Prévôt des Marchands.*

Eh ! quoi, c'est donc sérieuse-
ment,                               C

Que vous accueillez ce brigand ?
Quoi ! les honneurs de la séance,
A de tels gens nous accordons ?
Je le dis avec assurance,
Messieurs , nous nous désho-
norons.

( *L'assemblée est dans une grande
agitation. On annonce les Ministres.* )

---

M. LE PRÉSIDENT.

---

Air : *La bonne aventure au gué.*
Messieurs, calmez vous un peu,
Voici les ministres.

Tout ceci n'est point un jeu ;
Ils ont l'air sinistre.
La France a sur vous les yeux,
Prenez-garde à vous, Messieurs,
Voici les Ministres, au gué,
Voici les Ministres.

---

## LE MINISTRE
### *de l'Intérieur.*

---

Air : *Du haut en bas.*

C'est encore moi
Que l'on fait promener sans cesse ;

C'est encore moi

Qui vient me soumettre à vos lois.

Ne pourriez vous sur un registre,

Mettre les crimes du Ministre

Tout à-la-fois ?

(*On murmure.*)

------

## M. GRANGENEUVE.

------

Air : *Voilà le mot qu'il ne faut jamais dire.*

Messieurs, arrêtez un moment,

Ceci devient intéressant :

Évitons la satire.

S'il se lavoit entiérement,

Il faudroit le dire innocent :

Et c'est le mot !

Et c'est le mot

Qu'il ne faut jamais dire !

*( Les tribunes applaudissent. )*

———

## PLUSIEURS VOIX.

Air : *Jardinier ne vois-tu pas.*

Aux autres, aux autres, aux autres.

C 3

---

## MINISTRE

*de la Marine.*

---

### Air : *Malboroug.*

C'est pour vos colonies,
Qu'en ce jour,
Qu'en ce jour,
Je vous prie ;
C'est pour vos colonies
Réduites aux abois.

———

Réduites aux abois,
Sans force sous les lois.
Le noir dans sa furie,
Au blanc veut arracher la vie :
Vers la mère patrie,
Il lève en pleurs les yeux.

———

M. Albitte.

Air : *Chansons, Chansons.*

On nous amuse, on nous dérange,
Pour nous faire prendre le change,

Sur ce canton.

Attendez donc d'autres nouvelles ;
Ce ne sont là que bagatelles,
Passons, passons.

------

## LE MINISTRE
### *de la Marine.*

------

Air : *De Figaro.*

Mainte fois, dans cette enceinte,
Envain j'élevai la voix,
Pour faire entendre la plainte
Des colons remplis d'effrois.

Mais hélas! j'ai beau vous peindre

Les malheurs de ces cantons,

On prend tout pour des chansons,

------

## M. BRISSOT.

------

Air : *Oui noir , n'est pas si diable.*

Condorcet, s'il vous parle,

Comme moi fera voir,

Que loin qu'on se hazarde

A réprimer les noirs,

Il faut

Il faut

Aimer les noirs,

Quand ils grillent des blancs ,
Le mal n'est pas si grand
Qu'on veut bien vous le dire :
Moi, je n'en fais que rire ;
L'humanité m'inspire ,
Je déteste les blancs.

    Les blancs ,
    Les blancs ,
  Sont toujours ,
  Sont toujours
Des Tyrans.
Sont toujonrs ,
Sont toujours
Des Tyrans.

---

## M. Le Cointre.

---

Air : *J'ai du bon Tabac dans* ect.

Du préopinant j'aime la maxime,
Du préopinant j'aime le talent.
Il dit qu'il sera toujours tems,
D'armer pour secourir les blancs.
Du préopinant goutons la maxime,
Il est toujours tems de sauver des
blancs.

*( On applaudit à gauche,*
*et on murmure à droite. )*

# MINISTRE

*des affaires étrangères.*

Air : *Des Trembleurs.*

Messieurs, j'apporte une lettre
Qu'on m'a dit de vous remettre ;
Si vous voulez le permettre,
Je la lirai sur le champ :
C'est du frère d'Antoinette.

## M. ROUYER interompt.

*Suite du même Air.*

Ecoutez cette sornette ;
Il voudra que l'on remette
Tout dans l'état ci-devant.

## M. LE PRÉSIDENT.

Air : *M. l'Abbé, où allez-vous ?*

Lira-t-il, ne lira-t-il pas,
C'est à vous à juger le cas ?

Pour décider l'affaire,
Eh ! bien.
Levez votre derrière,
C'est le vrai moyen.

———————

*Le Président s'adressant au Mi-
nistre.*

———————

Air : *Vous n'avez qu'à parler.*

Vous n'avez qu'à parler,
Vous n'avez qu'à parler.

*Le Ministre lit la lettre.*

Air : *Laire la, laire lan la.*

«Mon beaufrère, faites chez vous
« Ce qui vous paroîtra plus doux ;
» Ce ne sont pas là mes affaires,
  » Laire la, laire lan laire,
  » Laire la, laire lan la.

  » Mais je ne puis vous le cacher,
» Aux traités n'allez pas toucher :
» Car seroit bien une autre affaire,
  » Laire la, laire lan laire,
  » Laire la, laire lan la.

---

## M. ROUYER

---

Air : *Vous voulez me faire chanter.*

Voyez , si j'avois deviné
    Cette auguste folie ;
L'ancien régime , les traités ,
    Des rois sont la manie.
Ces messieurs croient , en vérité ,
    Parler à des esclaves ,
Faisons voir que la liberté
    Ne souffre point d'entraves,

M.

Je vais faire voir en deux mots,
Ce que sont tous ces grands héros,
Et si bien loin de les redouter,
On ne doit pas les braver.

———

Charles quatre est un fou,
Gustave est sans le sou;
Catherine n'a plus son soutien.
Que craindrez-vous du Prussien,
Et du fin Autrichien,
Du savoyard endetté,
Et d'un tas de princes ruinés ?

Pour les Hollandais n'oserois ;
Nous sommes admirés des Anglais,
Et les autres sont occupés
A relire leurs traités.

———

Quand ils voudroient se rassembler,
Nous les ferions encore trembler.
Je suis d'avis que sans tarder,
Nous commencions par attaquer,
Car, messieurs, la paix seroit un
    mal,
La guerre un bienfait national.

———

## M. SEDILLÉ

Air : *Belle Raimonde.*

De la paix, l'amour du monde,
Faisons goûter le bienfait,
Et que la machine ronde
Puisse admirer nos décrets.
Quoi ! pour la race future,
Détruirions-nous pour jamais
Ce qui vit dans la nature ?
Laissons chacun comme il est.

———

Du Français la confiance
En nous fondoit son bonheur,
Et nous allons de la France
Devenir les destructeurs.
N'irritons plus les puissances,
Et que nos sages décrets
Ne régissent que la France :
Laissons chacun comme il est.

( *On murmure.* )

———

D 3

---

M.

---

Air : *Du haut en bas.*

Le mot bonheur,
Je vais dénoncer à la France,
Le mot bonheur,
Comme ennemi de la valeur.
Sachez, messieurs, que l'on com-
mence
A marquer de la préférence
Au mot bonheur.

Ce mot bonheur,

Peut déranger notre systême,

Ce mot bonheur

Pourroit refroidir plus d'un cœur.

Vivre libre est notre légende ;

Vivre heureux est ce que demande

Le mot bonheur.

———————

D

---

# M. MERLINI

---

Air : *Paris est au Roi.*

Il faut mepriser,
Il faut rejeter
La paix et le bonheur,
Moyens séducteurs.
Suivons les Romains,
Ces braves humains,
De la guerre en tout temps,
Faisoient leurs passe-temps.

Qu'on déclame,
Qu'on réclame
L'ancienne douceur
Qui formoit nos mœurs;
Ces vieilles vertus
Sont d'anciens abus,
Que nous avons rangés
Au rang des préjugés.

—————

---

## M. HÉRAUT.

Air : *Voici la Saint-Martin,*
*mon cousin.*

Rendons indépendans
Promptement
Les peuples qui respirent;
Faisons-leur le présent
Bienfaisant,
Dont nous jouissons tous dans ce
moment;
Et que désormais
L'allure des Français
Soit de tout peuple l'allure.

---

Disons à l'Allemand
Nettement,
Qu'il y a de l'indécence
A faire en tous pays
Des amis,
Que les Français n'agissent pas
ainsi ;
Et que désormais,
L'allure des Français,
Doit de tous être l'allure.

Disons donc à ce chef
De rechef,
Que notre juste envie
Est de laisser aux rois
Leurs emplois,
Sans nous mêler de leur dicter
des lois;
Mais que désormais,
L'allure des Français
Soit de leurs peuples l'allure.

( 61 )

————

Qu'il doit sans raisonner
Renoncer
Aux autres alliances ;
Qu'il ne nous faut qu'un oui,
ou qu'un non,
Sans quoi la guerre nous lui décla-
rons,
Pour que désormais,
L'allure des Français
Soit de tous peuples l'allure

---

## M. La Source.

---

Air : *Ma Commère, quand je danse.*

On ne peut pas mieux conclure,
Vîte décrétons cela ;
Pour avoir sa signature
Au roi l'on députera ;
Il signera,
Car pour cela
On emploiera
Les moyens qu'il faudra :
Messieurs, la bonne tournure
Que nous avons trouvé-là.

---

# M. LE PRÉSIDENT.

---

Air : *Du haut en bas.*

C'est décrété ,
La majorité nous l'assure ;
Bien décrété ,
Je vous le dis en vérité ;
Les rois ne sont plus en mesure ,
Nous prenons ici leur posture ,
Bien décrété.

*( La séance se lève*
*à 4 heures du soir. )*

-----

*Les tribunes sortent en chantant*

Air : *Allons gai, réjouissons*
*nous.*

Allons gai, réjouissons - nous
Nous pouvons espérer la guerre
Allons gai, réjouissons-nous,
Nous l'aurons, graces à vous.

-----

CO CHEMAR

# COCHEMAR

## DE

## LOUIS XVI,

*Parodie de la Tentation
de St. Antoine.*

Air : *Ciel ! l'univers,* etc.

Ciel ! les François
Vont-ils donc se dissoudre ?
Quel bruit !
Quels cris !　　　　E

---

Air : *Grand Salomon*, etc.

On vit sortir du fond d'une
caverne,
Mille démons, mille projets divers ;
Les uns portoient des cordes, des
lanternes,
Pour qui voudroient redresser leurs
travers.

---

---

Air : *On vit des Démons*, etc.

Tous les députés
De tous les côtés,
De la ville et de la campagne,
De la Provence et de la Bretagne ;
Des noirs, des blancs, méchans
lutins,
Dont liberté est le refrein,
Cachant tous leurs mauvais desseins
D'autres sont comme des pantins,
Toure loure loure et flon flon flon,
Chacun a son ton et son allure.

---

Air : *A la façon de Barbarie.*

Un d'eux avec un air benin
　　Apporte une cocarde ;
Au bon roi la donne soudain ,
　　Et lui dit : camarade ,
Nous voilà tous deux citoyens ,
Mettons-nous en train ,
Frappé dans ma main.
　　Tu vois ici tous tes amis ,
　　　　Biribi ,
　　A la façon de Barbari ,
　　　　Mon ami.

---

Air : *Sur un sopha, une Diablesse.*

Sur un sopha
La liberté lui tient les bras ,
Et dit désormais ,
Tu jouiras de la paix.
Mais ,
Dans l'instant ,
Il voit tomber son trône
Sous un démon rugissant ,
Qui foulloit la couronne
Avec un souris méprisant.
Sous un masque d'argent ,

A sa suite un serpent.
La Discorde à l'instant
Pousse un long sifflement.
Le Diable s'éveille et s'étonne,
Et dit : enfans,


Air : *Courez vîte, arrêtez*, etc.

Courez vîte, pressez le patron ,
Faites-le signer ; bon , bon.
Courez vîte , pressez le patron ,
Qu'il signe, ou nous verrons ; bon,
Messieurs les démons,
Laissez-moi donc.

Non, tu signeras,
Sanctionneras,
Accepteras.
Messieurs les démons,
Laissez-moi donc :
Oui, je signerai,
J'accepterai,
Sanctionnerai.
Courez vîte, pressez le patron,
Faites-le signer ; bon, bon.
Courez vîte,  pressez le patron :
A-t-il signé? oui : bon.

Air : *Le Saint craignant de pécher.*

Le roi craint d'avoir péché
 Par sa signature,
Il court à la Liberté
 Pour voir sa figure ;
Mais l'approchant de plus près,
Il reconnoit à ses traits
  Non la Liberté,
  Non l'Humanité,
  Mais toute la mine
  D'une libertine.

---

Air : *Piqué de ce bacchanal.*

Piqué de ce bacchanal
Et de voir régner la licence,
Craignant l'esprit infernal
Qui séduisoit toute la France :
Dieu, dit-il, sois enfin touché
Des maux d'un bon peuple égaré. !
Dieu s'appaise, et par sa bonté
Découvre enfin la vérité,
Fait luire enfin la vérité.

---

---

Air : *Tel qu'un voleur.*

Tel qu'un voleur, sitôt qu'il voi
    main forte,
Tel qu'un soldat, à l'aspect d'ur
    Prévôt,
On vit s'enfuir cette horribl
    cohorte,
Et s'abymer dans des affreu
    cachots.

---

---

Air : *Ah ! grand dieu que je l'ai
échappé belle*, etc.

Ah ! grand dieu que je l'ai échappé
belle,
Dis notre bon roi tout fatigué
de la querelle,
Ah ! grand dieu que je l'ai échappé
belle,
Sans la vérité
C'étoit fait de la royauté !

9 782014 045949